KB089700

오늘 하루도
참, 먼 길을 왔다

오늘 하루도 참, 먼 길을 왔다

1판1쇄 인쇄 2023년 7월 01일
1판1쇄 발행 2023년 7월 10일

지은이 송종안
펴낸이 소준선
책임편집 소진주
펴낸곳 도서출판 세시
등록번호 3-553호
주소 서울시 마포구 큰우물로 60(용강동)
전화 02) 715-0066
팩스 02) 715-0033
전자우편 sesi3344@hanmail.net
ⓒ 송종안, 2023. printed in seoul, korea

ISBN 978-89-98853-37-2

오늘 하루도
참, 먼 길을 왔다

송종안 시집

세시

시인의 말

천 년 동안
하늘 향해 가지를 뻗어올린 나무에게는
천 년 동안
바위를 뚫고 뻗어내린 뿌리가 있다.
나에게 늘 든든한 뿌리가 되어준 가족들에게 감사드리며
이 시집이 조금이나마 위로가 되길 바란다.

차례

시인의 말

제1부

제2부

제3부

제4부

제1부

먼지

먼지들의 꿈은
아쉬움의 시간을 껴안고 조용
조용히 가라앉는 것이다

자신을 이기지 못하는 힘으로 떠돌았던
젊었던 날들의 가벼운 고뇌처럼
먼지들은 보이지 않는 날개를 달고
뿌리 없는 방황을 시작한다

살아 움직이는 것들 속에서 부풀었던
헛된 꿈들, 그 부끄러운 후회로 먼지들은
스스로 날개를 버리고 떨어져 쌓인다

기억되지 않아도 좋을 지난 일들
가슴 속 어딘가 수북히 먼지로 쌓이고
그 속에 숨겨진 시간의 덫을 피해
나의 꿈들이 먼지로 날리는 것을 지켜본다

나의 눈은 먼지로 부서져 내린다

목백일홍

그대 가고
석 달 열흘쯤 지나고 나서야
백일 동안 꽃이 핀 게 아니고
백일 동안 꽃이 진 걸 알겠네

꽃이 지고
석 달 열흘쯤 지나고 나서야
떨어져 쌓인 붉은 꽃망울들
그대 아린 눈물인 걸 알겠네

그대 눈물
석 달 열흘쯤 지나고 나서야
눈물로 헹궈낸 오랜 시간들
상처마다 꽃이 필 걸 알겠네

상사화

나는 너에게 가야지
흐르는 강물처럼
함부로 돌아보지 말고

너는 나에게 와야지
밤하늘 별빛처럼
끝끝내 어둠 속에서도

우리는 만나야 하지
상사화 피고지길
천 번쯤 견디고 나서야

구름과 바위

구름을 짝사랑한 바위는
구름처럼 가벼워져 하늘로 올라가고

바위를 짝사랑한 구름은
바위처럼 무거워져 땅으로 내려오고

오래전 나를 닮은
구름 하나 지나간 적 있지

오래전 나를 닮은
바위 하나 지나온 적 있지

망해사

만경강이 서해 바다와 만나고
김제 광활 들녘 달려온 바람의 끄트머리
거기 조그만 절 하나 꿈인 듯 있지
나 끝 모를 아픔에 허덕여 그곳
전생엔 듯 한번쯤 가본 기억 있는 것도 같은
망해사에 갈 적마다 목탁 소리 대신
나뭇잎들의 낮은 불경 소리만 들렸지 누군가
이 세상 아픔으로 살아가는 이가 피워놓은
향 냄새만 맡고 돌아왔지
처음엔 하나 작은 씨앗이었을
강을 건너왔을지도, 어쩌면
바다를 헤엄쳐와 생사의 물언덕을 기어오른
지친 영혼의 싹이었을
지금은 아름드리 느티나무 한 그루
바다 쪽으로 귀 기울인 듯
광활 들녘 고개 들어 굽어보듯 서 있는 것만 보다 돌
아왔지
끝끝내 스님 한번 보지 못하고
눈 내리는 날 누군지 모를 발자국만 보고 돌아왔지
돌아오는 동안에도 옛 얘기처럼 눈은 내려
발자국 지우고 절을 덮고 그 절 찾아 헤매던
나의 아픔도 묻혀버리고
지금쯤 이 세상에는 없을지 모를
있다면 어디에도 뿌리내리지 못하고 떠도는
아린 가슴 속에나 숨어 있을 망해사

너를 생각할 때마다

그리운 것들은
왜 이렇게 멀리 있는지

멀리 있는 것들은
왜 이렇게 그리운지

너를 생각할 때마다
나는 세상의 끝에서 가물거린다

나뭇등걸

올라가시는 길인가요
힘겨울텐데 좀 쉬었다 가세요
올라온 길도 한번 내려다보시고요

내려가시는 길인가요
서운할텐데 좀 쉬었다 가세요
내려온 길도 한번 올려다보시고요

산 중턱에서 만난 나뭇등걸
당신, 올라가시는 길인가요
당신, 내려가시는 길인가요

망해사에서

그대 떠나보낸 가슴 뻘밭이 되었네
그대 그리운 가슴 바다가 되었네

눈 먼 새가 바다를 헤엄치네
눈 먼 물고기가 하늘을 나네

슬픈 일이 있거든

망해사에 가 보아라
눈이 가 닿지 못할 먼 곳까지
물이 빠지는 뻘밭을 보아라
자신이 비운만큼만
꼭 그만큼만 다시 차오르는
만경강 끝
서해를 보아라

망해사 노을

그 넓은 하늘이
그 넓은 바다가
그 넓은 들녘이
그 넓디넓은 그리움이 불타오른다

가슴에 시뻘건 불덩이 하나는 가져야 한다고
살아가면서 한번쯤은
온 몸으로 불타올라야 한다고
그게 살아가는 것 아니냐고

다시 먼지

없네, 나는
방 안 어디고 먼지 쌓이고
내 눈이 볼 수 없는 곳에서는
더 많은 먼지들 비밀스럽게
둥글어가겠지

어차피 고된 삶 눈 감고 돌아와
쌓인 먼지 닦아내면
없네, 나는
누군가 자꾸 나를 쓸어내고 있는지
누군가 자꾸 간지럼처럼 조금씩
아주 조금씩만 갉아대고 있는지

달팽이

오늘 하루도
참, 먼 길을 왔다

샛길로 빠지기도 했지만
참, 한길로 왔다

평생 흘린 진물들이
참, 눈부신 길이 되었다

민달팽이

모든 것 버리고
깊은 산 절에 들었다지요

마침내 절마저 버리고
세상 어디로 나갔다지요

몇 겁의 환생으로 마주친
찰나의 인연이었다지요

달팽이를 만나는 법

한눈을 좀 팔아야 한다
길섶에 앉아 오래오래 자신의 그림자를 들여다봐야
한다
그러면 어느 순간
달팽이 한 마리 그림자 속으로 스며들 것이고
오래오래 달팽이의 순례를 지켜봐야 한다
그러다 어느 순간 잠깐 딴생각한 사이
거짓말처럼 달팽이 사라지고 없을 것이다
아무리 주위를 둘러봐도 찾지 못할 것이다
평생 자신의 그림자를 밟으며 지나갔을 달팽이 한
마리
덧없는 걱정 하나 나 대신 짊어지고 갔을 것이다
그러면 이제 그만 일어나도 좋다
나도 한 마리 달팽이처럼
자신의 그림자를 밟으며 세상 속으로 스며드는 것
이다

명자꽃

이 꽃 이름이 뭔지 알아?
네가 묻기 전까지는 몰랐다
죽을 때까지 가슴에 피고 질 명자꽃

이 길의 끝이 어딘지 알아?
네가 묻기 전까지는 몰랐다
길 끝에서 손을 놓는 게 아니라
손을 놓는 데가 길의 끝이라는 것을

우리 다시 만날 수 있을까?
네가 묻기 전까지는 몰랐다
명자꽃 피듯 만난 것처럼
명자꽃 지듯 헤어질 것을

2014. 04. 16.

끝모를 깊은 바다가 된 기억이여 마르지 말아요
먼 길 떠나는 바람이 된 영혼이여 멈추지 말아요
너무 일찍 별하늘이 된 사랑이여 꺼지지 말아요

당신 없는 하늘 아래 나는 살아 또 봄을 맞네요
바다에서는 눈길마다 아득한 수평선이네요
바람부는 날에는 흔들리는 꽃잎이 서럽네요
밤이면 함께 찾던 별자리 옆 당신 별 빛나네요

당신 없는 얼마나 많은 봄을 견뎌야 할까요
나는 당신에게 끝끝내 달려갈 것을 약속해요
당신 먼 길 돌고 돌아 다시 내게 올 것을 믿어요
우리 다시 만나는 날이 눈부신 봄날이겠지요

끝모를 깊은 바다가 된 기억이여 마르지 말아요
먼 길 떠나는 바람이 된 영혼이여 멈추지 말아요
너무 일찍 별하늘이 된 사랑이여 꺼지지 말아요

나에게 묻는다

불 속 깊이 얼음을 갖지 않은 불은
진짜 불이 아니지
어느 때인가 스스로 꺼지지 못하는 불은
진짜 불이 아니지

얼음 속 깊이 불을 갖지 않은 얼음은
진짜 얼음이 아니지
어느 때인가 스스로 녹지 못하는 얼음은
진짜 얼음이 아니지

살다 마주치는 절벽마다 길을 갖지 않은 절벽은
진짜 절벽이 아니지
어느 때인가 스스로 길이 되지 못하는 절벽은
진짜 절벽이 아니지

묘비명

구름을 꿈꾼 바위가 있었지
바위를 꿈꾼 구름이 있었지

산 밑에서

침묵 때문이지
산이 높고 깊어지는 이유는
산에 깃들어 사는 생명마다
하나씩 내려놓은 침묵 때문이지

소나무에서 자라는 송진같은 침묵을
가슴에서 자라는 눈물같은 침묵을
말없이 토닥토닥 재우느라
산은 더 높고 깊어지지

침묵 때문이지
산이 높고 깊어지는 이유는
오래오래 산을 바라보는 사람 때문이지
가슴에 잊지 못할 산 하나 짊어진 사람 때문이지

그대에게 가는 길

봄보다 먼저 꽃으로
가을보다 먼저 단풍으로
보고 싶다는 말보다
세상에 드리운 모든 빛깔로
언제나 먼저 가 있었지요
어디나 먼저 가 있었지요

나무 아래서

남보다 큰 잎 매달 때부터
남보다 큰 눈물 흘릴 것 알았지
남보다 많은 잎 매달 때부터
남보다 많은 눈물 흘릴 것 알았지

남보다 큰 눈물 흘릴 때부터
남보다 큰 잎 돋을 줄 알았지
남보다 많은 눈물 흘릴 때부터
남보다 많은 잎 돋을 줄 알았지

제 2 부

아빠는 점돌이

유치원 다니는 두 딸 하빈이 하림이는
아빠를 점돌이라고 부르지요
얼굴에 크고 작은 점들이 많다고 놀리는 거지요
"아빠, 아빠는 왜 이렇게 점이 많아?"
어느날 심각하게 물어왔지요
"하빈아, 하림아. 하늘에는 별이 많이 있지?
하늘에 별이 없으면 얼마나 허전하고 심심하겠니
아빠 얼굴에도 점이 없다면 심심하지 않을까?"
가당치도 않은 변명이었지요
"그럼 아빠 얼굴은 하늘이고 점은 별이네."
하빈이 하림이는 별을 따야겠다며
내 양쪽 볼을 꼬집고 물어뜯고 난리를 쳤지요
아이들이 뒤척이며 잠 못이루는 날이면
하빈이는 오른 팔에 하림이는 왼 팔에 눕히지요
그리고 아빠 얼굴의 점들을 하나씩 세게 하지요
하늘의 별을 하나씩 따게 하지요
점돌이 아빠 덕분에 아이들은
쉽게 꿈나라로 들어가지요
티없이 맑은 아이들 덕분에 가난한 점돌이 아빠는
세상에서 제일 큰 하늘도 되고
제일 높은 곳에서 반짝이는 별도 되지요

콩나물

시원한 콩나물국 먹을 때면 생각나는
옛이야기 하나 있지요
콩나물 반찬도 귀했던 시절
아침 저녁으로 물만 부어주면
쑥쑥 머리 내밀던 콩나물들
바라보는 것만으로도 즐거웠지요
하루는 품팔고 돌아온 어머니
저녁상 물리고 우리 네 남매 불렀지요
콩나물이 흐물흐물 다 죽었는데
누구 알고 있느냐, 물었지요
키 순서대로 나란히 앉아 눈 감고
아무도 대답 안했지요
어머니께서는 가서 자라, 이르시고는
구멍난 양말이며 옷가지들 무릎 가득 쌓아두고
밤 늦은 바느질 사이사이 한숨 소리 깊었지요
아침상 물리고 품팔이 가시기 전
우리 네 남매 다시 불렀지요
눈 감으라 이르시고
어제 밤 꿈 속에서 누가 콩나물을
그렇게 만들었는지 다 보았다, 말씀 하셨지요
엄마 잘못했어요, 제가 그랬어요
둘째가 눈물 쏟았지요

겨울이라 콩나물들이 추울까봐
일부러 뜨거운 물을 부었다지요
그래 이제 됐다, 어머니께서는
우리 네 남매 어깨 한번씩 토닥여 주셨지요
어둡고 좁은 콩시루 속에서도 서로 간지럼 태우며 자라는
물만 먹고도 쑥쑥 깔깔거리며 자라는 콩나물처럼
우리 네 남매 그렇게 자라길 바라셨지요

세발자전거

노을이 번지는 먼지 낀 유리창에
아버지 얼굴 그리는 산꼭대기 골목
세발자전거 재미있느냐
브레이크도 없는 세발자전거 재미있느냐
너는 아버지 자전거가 불안하다고 했지
바퀴가 두 개 뿐인 것이
연장 가방이 도시락이
굴러가는 뒷 모습이 불안하다고 했지
아버지는 세발자전거 타본 적 없다
무릎 깨지고 코피 흘리며
두발자전거부터 배웠단다
너도 언젠가는
네 몸이 너무 커버린 걸 부끄러워하기 전에
두발자전거를 배워야 한단다
그때면 너도 알게 되겠지
세상은 어쩌면 두 개의 바퀴로 움직인다는 것을
그 바퀴는 두 발로 힘껏 내딛어야만 굴러가고
바퀴를 가느다란 살대들이 모여 받쳐주고 있다는
것을

하빈아
지금은 별들이 아름다운 너이지만

어둠이 제일 먼저 찾아와
맨 나중까지 머무는 세상
하나 둘씩 꺼져가는 불빛
덕지덕지 붙어 앉은 창틀마다
어제와 다를 바 없는 불빛들 새어 나와도
하늘의 별보다 아름답게 보이는 때를 슬퍼 말아라
너는 아직 두발자전거가 불안한 세발자전거

하림아
세상은 너무 빨리 스쳐가
브레이크를 밟아야 할 때를 놓쳐버리기도 한단다
멀리 가지 말아라
얼마나 빨리 달리느냐가 아니라
얼마나 정확히 멈추느냐가 세상의 문제란다
아직은 브레이크를 모르는 하림아
거품처럼 밀려온 아버지 자전거 바퀴자국 뒤로
세발자전거 탄 네가 반가워
눈물보다 어지럽구나

오이무침

아내가 오이무침을 버무립니다
신혼부터 아내는 오이무침을 잘 했습니다
신선한 오이를 골라 설렁설렁 껍질을 깎고 자른 다음
설탕과 소금을 넣고 간이 배면
오이를 짜서 물기를 뺍니다
다음은 양파 채썰어 넣고 부추도 넣고
고추가루 참기름 깨소금 넣고 버무리면
입에서 살살 녹는 오이무침이 되지요
그런데 그 오이무침이
특별히 고소한 날이 있었습니다
'아 그래, 오늘 즐거운 일이 있어
참기름 한방울 더 떨어뜨렸겠지'
생각했습니다
하지만 나중에
미안하게도 나중에야 알게 되었습니다
아내는 나 때문에 속상한 일이 있을 때마다
고소한 참기름 한방울 더 떨어뜨렸답니다
내가 이뻐 보일 때는
우리 사랑이 고마울 때는
참기름 한방울 덜 떨어뜨려도
고소한 맛이 더 했다나요
그 말을 들은 뒤로

우리가 먹는 오이무침은 사랑무침이 되었습니다
아삭아삭 고소하게 씹히는 오이가 내게 말합니다
'어이, 부인에게 좀 잘 하게나
부인의 오이무침 솜씨만큼만 말이야'
그럼 나는 속절없이 웃습니다
밥 먹다 말고 웃고 있는 나를 보고
아내도 오이 속처럼 하얗게 웃습니다

만경강에서

- 종건에게 -

만경강에서 누군가를 떠나보낸 사람은 알지
떠나지 않으면 안되는 곳에서
바람이 시작된다는 것을

만경강에서 누군가를 떠나온 사람은 알지
돌아가지 않으면 안되는 곳에서
바람이 잠든다는 것을

만경강 저녁 노을 속으로 흐르는 강물은 알지
그리운 것들이 모여 바람이 되었을 것을
떠나는 바람도
돌아온 바람도
한세상 아린 인연이었을 것을

만경강 벚꽃

눈부신 꽃만 보러 온 것은 아니지요
바람에 날리는 벚꽃 같은 눈물
당신, 남몰래 흘렸겠지요

벚꽃 지고 나서도
나뭇잎 다 지고 나서도
당신, 오래오래 이 길을 서성였겠지요

돌아갈 수 없는 아주 먼 옛날
당신, 만경강 위를 떠다니던 벚꽃이었겠지요
그 벚꽃들 흘러간 자리마다
당신, 노을이 되었겠지요

콩깍지

큰 애 이사가야 한다던데 전세금은 마련했는지
미끄러운 산동네 손주들 다치지나 않을지
눈 내리는 겨울 밤
콩깍지로 밥짓는 어머니

서울 사는 자식들에게
콩 한자루씩 올려보내고
메주 띄우고 남은 콩깍지만 타들어 가고
콩깍지마다 감춰두었던 눈물방울들만 타들어 가고

빈 우물

아들 서울 보내고
딸도 서울 보내고
노부부마저 떠나버리고

이제 달도 뜨지 않는
별무리도 흐르지 않는
정화수 한 그릇도 없는
기도하던 눈물도 말라버린

아버지

혼자 술 마시는 포장마차에는
덩치 큰 순한 짐승처럼
먼저 울고 간 그림자가 있습니다

늦은 밤 집으로 가는 가파른 골목길에는
나보다 먼저 다녀간 발자국이 있습니다

아이들 신발 곁에 구두를 벗을 때마다
오랜 세월 당신이 건너왔을 거친 강을
나도 아슬아슬하게 건너고 있습니다

넘어지는 것이 부끄러운 게 아니고
다시 일어나지 못하는 게 부끄러운 거라던
한평생 남에게 폐 끼치지 않고 살았지만
자식들에게는 늘 미안했다던
그것이 두고두고 부끄러웠다던
당신이 아프게 있습니다

48

장마

할머니는
육이오 때 따발총 소리 같다며
할아버지 영정 그림을 올려다 보고

아버지는
쌀 쏟아지는 소리였으면 얼마나 좋겠냐며
인력시장도 나가지 못하고 돌아눕고

어머니는
부엌에서 호박 썰어 넣은 수제비를
말없이 오래오래 끓이고

양철지붕 붙잡고 있던 못자국마다 녹슬어
늘 같은 곳에서 비가 새고

올해도 용이 되지 못한 이무기 한 마리
몇 날 며칠을 밤낮으로 울어대고

붕어빵

같은 빵틀에서 나온 붕어빵들
가는 곳이 다르지
힘 좋은 몇 마리는
가파른 산동네 거센 물살을 거슬러 오르고
날렵한 몇 마리는
빠른 물살 뒤엉키는 좁은 골목길 헤집고 들어가고

같은 빵틀에서 나온 붕어빵들
혼자 가는 법이 없지
붕어 눈 닮은 아이들과
비늘처럼 반짝이는 수다떨며 가고
늦은 귀가길 술 취한 아저씨 데리고
회귀본능으로 온 몸 뜨겁게 가고

어머니

만경강 벚꽃이 참 예쁘다고 할 때는
한번 다녀가라는 말씀이었지요

오늘따라 달이 참 밝다고 할 때는
많이 보고 싶다는 말씀이었지요

재미있게 살아라, 시간 금방 간다고 할 때는
사랑으로 살라는 말씀이었지요

먼저 다녀온 길처럼 훤히
자식들 가는 길 이미 알고 계셨지요
자식들 울기 전에 내색 없이 먼저 울고
자식들 웃기 전에 내색 없이 먼저 웃으셨지요

민들레

들판에
노랗게 노랗게 샛노랗게
민들레꽃 피었네요
늦둥이 나를 낳고 좋아라
민들레꽃처럼 웃으며
동네방네 뛰어다니셨다지요

꽃지고
하얗게 하얗게 눈물같은
민들레 홑씨 날리네요
늦둥이 효도 한번 못 받고
민들레 홑씨처럼 훨훨
다시 못 올 먼 데로 떠나셨죠

당신 닮은 손주 한번 안아보지 못한 무덤가에
노랗게 노랗게 샛노랗게
민들레꽃 피었네요
하얗게 하얗게 눈물같은
민들레 홑씨 날리네요

땅끝마을

그대 떠밀려 떠밀려
예까지 오셨는가
끝이 어딘지 알 수 없어
예까지 오셨는가
어여 따뜻한 밥 한술 뜨소
하고 싶은 말 있으면 다 하고
울고 싶은 만큼 실컷 울고 나면
예가 끝이 아니고 시작이란 걸 알제
그대 짠한 사람아
사는 것이 뭐 특별하단가
조용히 나를 들여다보는 거여
오래 나를 기다려주는 거여
땅의 끝에서 땅의 시작을 만나는 거여

전군가도 벚꽃길

벚꽃 필 때 만난 사람 있었지요
벚꽃 질 때 헤어진 사람 있었지요

전주에서 군산까지 백리 벚꽃길
벚꽃 피면 떠오르는 얼굴 있지요
벚꽃 지면 떠오르는 이름 있지요

별처럼 쏟아지던 그리움이었지요
강물처럼 흘러간 기다림이었지요
한 그루 눈부신 벚꽃나무였지요

해지는 만경 들녘

늙은 소 한 마리 지나갑니다
쟁기 짊어진 노인이 지나갑니다
긴 그림자가 서로를 바라봅니다

다음 생에도 만나자고
나는 너로
너는 나로 만나자고

이팝나무꽃

때맞춰 밥은 먹고 다니냐
어찌어찌 살아지더라
새끼들 생각하면 견뎌지더라

남의 들일 논일 마치고
꼬물꼬물한 어린것들 위해
달빛 밥상 차리던 어머니

먹어도 먹어도 배고프던 시절은 지났지만
이제는 온 가족 한상에 둘러앉지 못하는
먹어도 먹어도 이팝나무꽃처럼 가시지 않는 허기

진미 닭내장탕집

익산 중앙시장 골목
안주라고는 닭내장탕에 배추김치 깍두기뿐인
테이블이 세 개뿐인 진미 닭내장탕집
닭내장에 미나리 당면 넣고
다진 마늘과 고춧가루 넣어 끓이면
도대체 희망이 보이지 않는 자신들의 삶에 욕도 해 가며
쓴 소주도 달게 넘어가는 그곳
마지막 남은 건더기와 국물에 공기밥 말아 먹고 일어서는 그곳
돌아보면 주먹 불끈 쥐고 매운맛 한번 보여주지 못한
가슴에 깊이 파인 웅덩이 하나씩 가진 사람끼리
맑은 소주 기울이는 그곳
사는 것이 죄짓는 일뿐이어도
눈물일지도 모를 콧등에 맺힌 땀 닦으며
자신을 용서하는 힘을 주기도 하는 그곳

개 밥 퍼먹듯 눈오는 날에는
익산 중앙시장 허름한 골목 진미 닭내장탕집
삐걱거리는 문 열고 들어가 소주 한잔 먹고 싶어라
걸어온 길 눈 속에 잠기는 걸 보고 싶어라

비 그치고

비 그치고 초가지붕 낟가리 타고
토방에 떨어지는 물방울들
톡, 톡, 톡,
가슴에 작은 웅덩이 만드는
톡…… 톡…… 톡……
점점 가늘어지는
점점 멀어지는
내가 기다리던 누군가는
여지껏 내 곁을 서성이다가
지금, 소리 낮춰 떠나가나 보다
뒤돌아보며
뒤돌아보며
톡…… 톡……
톡……

만경강

1

어린시절 신열과 함께 토해내던
어머니 푸른 젖내음 같은 안개가 옷고름 추스르면
젖은 갈대 위로 왜가리가 날았다.
날개에 꽂힌 햇살은 푸드덕 잠깨 오르고
버드나무 늘어진 유강리에서 목천포까지
나룻배는 눈비비고 일어나 공복의 아침
맑은 물 한 모금 적셨다.
아침 저녁으로 포구에 서서
반가운 손님 물살 가르며 오길 기다리면
버드나무도 눈 내리뜨고 빗질 곱게 나부꼈다.

2

콘크리트 다리가 들어서고 강물은 더 세게 흘러 어
지러웠다.
벌집 같은 공장들은 밤낮 없이
누런 가래침을 함부로 뱉어대고
뱀장어 잡고 자라 잡던 만경강은 하혈을 시작했다.
면도날 같은 겨울 바람 불면
갈대는 힘없이 빠지는 음모처럼
부끄럽게 허리를 꺾었다.
물고기들은 강가 어디서나 고자리를 키우고
가끔 왜가리가 찾아왔지만 추락하고 말았다.

3

젊은것들은 밤마다 다리목에 모여 깡소주를 마시고
하나 둘씩 떠나갔다.
낯선 도회지 하수구 어디쯤이거나 공장 굴뚝 밑에서
눈물이 가시처럼 돋는 밤이면
도망치던 날 밤에 돌아다 보았던 강물을 기억할까.
강물 속에서 달빛은 자맥질로 몸 씻고
별무리는 은빛 비늘 고운 물고기처럼 뛰어다녔다.

4

강물은 썩어 흘러도
낯 두꺼운 세상살이 지쳐 돌아오는 날
머리칼 날리며 달려드는 갈대 뒤로
서녘에 내리는 노을을 보았다.
노을 속에서 아버지가 그물 가득 건져 올린
하루의 삶을 보았다.
늘 먼 길로 오시던 아버지
당신의 터진 그물 한 귀퉁이를 튼튼히 깁고
낚시 바늘도 손질해 이른 아침 강가에 서면 아버지,
주어담지 못하는 당신의 시간들이 낮게 출렁이고
나도 조금씩 떠내려가며 바늘을 드리웁니다.

이 비린내 나는 세상에서 내일은
어떤 고기를 낚아 올릴까요. 아버지,
어떤 바늘에 꿰어 강물처럼 흐를까요.

제 3 부

실비와 토란잎

토란잎에 솜털같은
실비 내리네
어깨끼고 손잡고 하나의 물방울 되어
은구슬처럼 커져가네
잘 있어라고 물방울이 토란잎 흔드네
잘 가라고 토란잎이 물방울 굴리네
다시 실비 모으고
모인 물방울 토란잎 떠나고
떠난 물방울 땅 적시네
언제쯤 나는
저렇듯 죄없이 날리는 실비 될까
아무말 없이 때되면 떠나보내는
한세상 넉넉한 토란잎 될까

당신을 사랑한다는 것은

내 가슴에 골짜기를 만드는 일입니다

그 골짜기에 맑은 눈물 흐르는 일입니다

그 눈물 속에 돌멩이를 키우는 일입니다

그 돌멩이 조약돌이 되는 일입니다

그 조약돌 먼지가 되는 일입니다

그 먼지 천년 뒤에도 당신 곁을 떠도는 일입니다

그 집 앞

그 집으로 갈 때는
내가 그림자를 끌고 갔는데

그 집에서 올 때는
그림자가 나를 끌고 왔는데

나는 달만 따라갔는데
달은 나만 따라왔는데

달이 차면 기울기 시작했는데
달이 기울면 차기 시작했는데

그 집 앞에서 서성이는 게 전부였는데
그 집 꽃 피고 지는 일이 내 죄 같았는데

스프링

입술이 발 끝에 닿도록 눌러다오
한껏 치욕을 핥으리라

견디다 견디다 극점에 달하면
온몸 미친 듯 튀어오르리라

길을 걷다가

낯선 길을 걷다가 주운 나사 한 쌍
아근바근 맞물리지 못했다
세상에 이렇게 맞지 않아 버려진 것들이 얼마나 많
을까
안쓰런 생각에 주머니에 넣어 두었다

언젠가 걸었던 기억이 나는 그 길가에서
무심코 주머니에 손을 넣었다
언젠가 주어담았던 쓸모없는 나사 한 쌍이 녹슬어
아무리 풀려 해도 풀리지 않고
주머니는 뻘겋게 녹물이 들어 있었다

살아간다는 것은
조금씩 녹이 슬어 억세게 끌어안는 것일까
가슴에 지워지지 않을 녹물을 새겨가는 것일까

세상 혹은 새장

세상을 나는
새장으로 발음하는 때가 있다

세상은 날개 떨어져라 날아도
출구가 보이지 않는 새장이다

슬픈 습관

흩어져 있으면 어지럽잖아
여기저기 떠도는 것 같아서 안쓰럽기도 하고
신발도 좀 쉬라고
습관이지 뭐

그는 신발 정리에 집착했다
지인의 장례식장 신발 정리도 늘 그의 몫이었다
술 마시고 새벽에 들어온 날에도
현관의 어지러운 가족 신발들
짝 맞추고 열 맞추고 나서야 고된 몸을 부렸다
그의 소박한 꿈은 온 가족 신발들
서로 어깨 기대고 쉬는 것이었다

그런 그가 마지막으로 정리한 신발은
늦은 밤 다리 위에 남겨둔 자신의 낡은 구두였다
가난한 아내의 유행 지난 신발 하나 바꿔주지 못하고
어린것들의 꼬막만한 신발 쑥쑥 커가는 재미도 지켜
보지 못하고

별똥별

미안해요
온몸으로 왔지만
끝끝내 왔지만
너무 오래 기다리게 했네요

가슴 속 불타는 눈물 한 방울

거울

너는 내가 아니다
나는 네가 아니다

아무도 모르게 숨겨온 눈물
모래시계처럼 부서져 내리는 꿈

우체통

우체통이 빨간 것은
부치지 못한 편지 때문이지
밤새 쓴 편지 끝내 넣지 못하고 돌아선
사람들의 아픈 가슴 때문이지

우체통이 녹슬어 가는 것은
오지 않는 편지 때문이지
어디 먼 곳 나보다 아플 당신을 기다리는
사람들의 오랜 기다림 때문이지

부치지 못하는 마음과 받지 못하는 마음 어디쯤
빨간 우체통이 있지
오래 전 서성이던 발자국들이
빨간 우체통으로 녹슬고 있지

동굴

나 때문에
오래오래 울고 간 당신이겠지요

나 대신해
몰래몰래 울고 간 당신이겠지요

내 가슴에 남은
씻기지 않을 회환이겠지요

달무리

달에 가면 달을 볼 수 없을까 봐
그대에게 아주 가면 그대를 볼 수 없을까 봐
가까이 가지 못하고
그렇다고 멀리 도망치지도 못하는
가엾은 내 사랑
달무리지는 밤이면
그대도 가끔은 나를 보고 있는지

국밥집

함부로 울지도 못하는
헛되이 웃지도 못하는
어느 깊은 골짜기를 건너왔을
지금껏 견뎌온 세월이 깊은 골짜기를 만들었을
아직 떠나지 못하는 사내들이거나
아직 돌아가지 못하는 사내들이
평생 만들어 온 옹이를 등 뒤로 감추고
온 몸으로 뜨거운 국물을 삼키는

저물녘

떠나온 곳을 바라보는 시간

돌아갈 곳을 바라보는 시간

젖은 눈빛들 시나브로 물들어가는 시간

아직 가지 못한 낮과
아직 오지 못한 밤 사이

너와 나 사이

빗속을 둘이서

갑자기 내리는 소나기 때문에
어쩔 줄 모르고 서 있는데
누군가 우산을 내밉니다

우산 하나에 사람 둘이 걸어갑니다
한 사람은 왼쪽 어깨가
또 한 사람은 오른쪽 어깨가 젖습니다

사랑이란 어쩌면
우산 하나에 두 사람이 발맞춰
빗속을 걸어가는 것인지도 모릅니다
서로의 어깨에 빗물을 나눠 맞는 것인지도 모릅니다
서로의 젖은 어깨를 안쓰러워하는 것인지도 모릅니다
옆으로 우산을 좀 더 기울여 주는 것인지도 모릅니다

사랑하는 마음 없이
이 빗속을 어떻게 건널 수 있을까요
사랑하는 마음 없이
이 세상의 많은 날들을 어떻게 견딜 수 있을까요

선인장

산다는 것은 견딘다는 것입니다
비 한방울 내리지 않는 사막에서도
꽃을 피우기 위해 뜨거운 모래 속으로
뿌리를 뻗어내리는, 그래서 천 년에 한 번
단 하루를 꽃 피우고 죽는다는 전설 속의 선인장처럼

건강 하십시오
그리고 잘 견뎌내십시오
살아 있는 모든 것들의 아픔을

바람부는 거리에서

사람은 누구나 자신이 견딜 수 있을 만큼의
바람의 씨앗을 가슴에 묻고 살아간다네
언젠가 운명처럼 그 바람의 씨앗이
싹을 틔울 때 우리는 만나게 된다네
견디지 않으면 안될 삶과
그 삶 속의 풍경들을

살아가는 일들이 힘들 때마다
우리들 가슴을 뚫고 지나가는 바람이 있어
우리는 또다른 삶의 꿈을 꾸게 된다네
바람같은,
그 바람의 징후같은

나프탈렌

짊어진 삶의 무게가 괴로웠습니다만 이렇게 쉽게 모든 것이 끝나리라고는 생각하지 못했습니다. 아무런 추억거리 하나 만들어 남기지 못하고 흔적 없이 사라져버릴 시간이 멀지 않은 지금 내가 용서받아야 할 것은 무엇일까요. 혹, 내가 용서해야 할 일이라도 남아있을까요.

당신은 나를 필요로 한 게 아니라 나의 죽음을 필요로 한 것은 아닐는지. 그렇다면 죽는 날까지 최선을 다해 죽어가겠습니다. 당신은 어느날 갑자기 나의 죽음을 빈 그물에서 아무런 아픔도 없이 눈으로만 발견하겠지만 나는 날마다 그리움의 살덩이 떼어 당신에게 날려보냈습니다.

당신을 미워하지 않습니다. 당신을 미워하지 않는 나를 미워하지도 않습니다. 살아서 행복했던 것은 게으름 한번 없이 내가 가진 모든 것을 당신에게 줄 수 있었던 것입니다. 그러기 위해 태어났고 그렇게 살았습니다.

길 위에서

세상에는 많은 길이 있습니다
하루에도 몇 번씩 지나야 하는 길이 있는가 하면
평생 동안 한 번도 밟아보지 못한 길도 있습니다
우리는 많은 길을 걸어보고 싶어하고
그 길 위에 자신의 흔적을 남기고 싶어 합니다
하지만 아무리 부지런한 나그네라도 이 세상에는
꿈에도 가보지 못한 길이 훨씬 많게 마련입니다
그러나 길은 길로 통합니다
지금 우리가 딛고 선 하나의 길이
세상의 모든 길과 연결 되어 있는 것입니다
그 길은 그 길 위를 걸어간 우리들의 발자국을
기억하고 있을지도 모릅니다
다시는 이 길을 밟지 않으리라
언젠가 뒤도 한번 돌아보지 않고 떠나왔던
길이 있다면 생각해 보십시오
끝까지 떠나던 뒷모습을 지켜봐 주었을 그 길을
그 길은 지금도 낮게 엎드려 모든 떠나보낸 것들의
발자국 소리에 귀 기울이고 있을지도 모를 일입니다
우리는 우리가 딛고 선 길 위에서
용서의 마음을 배워야 합니다
지금 우리가 딛고 선 길은 바로
우리의 인생을 비추는 거울이기 때문입니다

제 4 부

목련

몇 날 며칠을 잠 못이뤄도
그대에게 보낼 편지 하나 쓰지 못하고
그새 목련은 피고 말았지요

처음 쓴 연애편지
망설이다 망설이다 끝끝내 부치지 못하고
그새 목련은 지고 말았지요

세상의 어느 봄, 목련이 내리는 날이면
가슴 속 어디 깊은 곳
까닭없이 자꾸 간지럽기도 하고
끝모르게 먹먹하기만 하던 그 시절
아직 받지 못한 편지를
그대 지금도 오래오래 읽고 있는지요

오래된 약속

시가 내 삶의 그림자이길
삶이 내 시의 그림자이길

오래된
가슴 저미는
놓지 못할 약속

콜드브루

- 커피의 눈물 -

너를 만나러 가는 발자국처럼
너를 만나고 오는 그림자처럼

나를 만나러 오는 그림자처럼
나를 만나고 가는 발자국처럼

기다린만큼 스며드는 것
스며든만큼 기다리는 것

나는 너에게
너는 나에게

조약돌

슬픔이 깊으면 한이 되고 그 한이 깊으면
가슴에 노랫가락이 물살처럼 일렁인다네
노랫가락은 흘러흘러 가슴에 돋아난 모난 돌멩이
마음 속 거울 같은 반짝이는 조약돌 만든다네
세월이 지나고 슬픔은 잊혀지고 한도 삭고 나면
가슴에 남은 반짝이는 조약돌만이 기억한다네
슬픔으로 가슴을 채웠던 그 옛날의 노랫가락을

눈이 내린다

세상에 눈이 내린다
세상에 눈이 쌓인다
어느 깊은 산중 천년 묵은 소나무는
제 가지를 쩍, 쩌억 찢고 있을 것이다
소나무는 울지 않고 대신
골 깊은 산만이 몸서리를 칠 것이다

내 가슴에 눈이 내린다
내 가슴에 눈이 쌓인다
나도 모르게 자란 가슴의
곁가지가 찢겨 나간다
나는 울지 않고 대신
내 눈에 보이는 것들만이 서러울 것이다

골목길에 부는 바람처럼

당신은 기다리지 않아도
누군가 당신을 기다리는 사람이 있습니다

당신은 그리워하지 않아도
누군가 당신을 그리워 하는 사람이 있습니다

기다림에 지칠수록
더 오랫동안 기다리고
그리운 마음 사무칠수록
더 가슴 아프게 그리워 하는
누군가가 있습니다

당신이 무심히 지나치는 골목길에 부는 바람처럼
그 바람에 나부끼는 나뭇잎처럼
그 누군가는 늘 당신 가까이 있습니다

방패연

가슴에 구멍 뚫린 자만이
모진 세상의 바람에 맞서는 자만이
하늘로 치솟아 오른다

내가 너를 기다리는 것은

나를 놀래 주려 예고 없이 너는
첫차를 타고 올지 몰라
그런 너를 놀래 주려 나는
새벽 대합실에 앉아 너를 기다리는지 몰라

너는 나를 용서하려 지친 몸으로
막차를 타고 올지 몰라
그런 너를 용서하려 나는
마지막 기적이 울 때까지 너를 기다리는지 몰라

혹, 한눈파는 사이 너는
고개 숙이고 내 곁을 비껴 갔을지 몰라
어느 먼 발치에서 너를 기다리는 나를 보며
조용히 울고 있을지 몰라
그런 너를 위해 나는
못본 척 어둠 속으로 사라질지 몰라

그래도 또다시
내가 너를 기다리는 것은
네가 나를 용서할 기회를 주는 것인지 몰라
내가 너를 용서할 기회를 얻는 것인지 몰라

단풍

잠깐 한눈판 사이 세상은
저마다 마지막 불꽃까지 아낌없이 타오르는데
마흔을 넘긴 사내는 부끄럽습니다
스스로 불타오르는 나무들 아래 서성이던 발자국
너무 멀리 와 버렸습니다
그리운 것들이 자꾸 가슴 한쪽에 쌓이고 쌓여
잠깐 한눈판 사이
마흔을 넘긴 사내도 불타오르고 있습니다

봄엽서

꽃은 피고 또 꽃은 지네요
세월은 가고 또 세월은 오네요
꽃 피고 꽃 지듯
세월 가고 세월 오듯
그리운 사람들 또 서러워 지네요
맑고 차가운 소주잔에
꽃잎 하나씩 피었다 지네요

벽

세상에 넘지 못할 벽은 없어요
벽을 넘기 위해서는 몸을 낮춰야 해요
눈앞의 벽을 넘어야 다른 벽을 만날 수 있어요
벽을 만난다는 것은 아직 살아서 꿈꾼다는 증거예요
눈물로 벽을 넘어 본 사람만이 세상에 벽을 만들지
않아요
나도 모르게 만든 벽이 그대에게 넘지 못할 절망이
되지 않길 빌어요

첫사랑

비가 오네요
나보다 먼저 다녀간 그대 발자국처럼
어느 먼 곳에서 비가 오네요

눈이 오네요
그대보다 먼저 떠나온 내 발자국처럼
어느 먼 곳에서 눈이 오네요

공황장애

오십줄에 들어선 어느날
매일 오가던 길들이 낯설고
매일 보던 사람들이 무섭고
매일 하던 일들이 부끄러운데

현실을 받아들이라네요
감기같은 거라고 생각하라네요
누구에겐 가볍게 왔다가기도 하고
누구에겐 독감처럼 심하게 오기도 한다고
하지만 적당한 운동과 약물치료, 상담으로
얼마든지 나을 수 있다네요
나보다 어려보이는 얼굴 하얀 의사는
세상을 받아들이라네요

얼마나 더 세상을 받아들이라는 건지
이제껏 세상을 받아들이며 사실은
나를 들이받아 온 것도 모르면서
이제는 나를 좀 받아들이면서
세상을 들이받고 싶은 것도 모르면서
받아들이는 게 들이받는 것이고
들이받는 게 받아들이는 것인 줄도 모르면서

연탄

서울 성북구 안암동 산비탈 골목
연탄 가득 실은 트럭에서
늙은 부부 연탄을 나릅니다
남편은 트럭에서 왼손에 네 장
오른손에 네 장씩 집게로 계단을 오릅니다
계단 중간쯤 여덟 장의 연탄을 내려놓으면
아내는 계단 끝 꼭대기집 처마 밑에 쌓습니다
말없이 연탄을 나르는데
남편이 한 두 계단 위쪽에 내려놓으면
다음에는 아내가 한 두 계단 아래까지 내려와 받습
니다
남편은 아내쪽으로 가까이 가려고
아내는 남편쪽으로 가까이 가려고
두 발자국이 만나는 겨울 산비탈 골목이 까맣게 뜨
겁습니다

성북천

잔설 위로 봄 햇살 부서지는 성북천 시냇물 소리
사람들마다 다르게 들리지
지난 겨울 얼음장 위로 던진 돌멩이 다르기 때문이지
너 몰래 내가 던진 돌멩이 흔적도 없이 가라앉고
먼 훗날 내가 줍게 될 반짝이는 조약돌은
오래전 나 때문에 네가 던진 돌멩이겠지

병상일기

아픈 나보다 더 야위어가는 당신
나 없는 봄이 와도
너무 많이 울지는 마세요

야윈 나보다 더 아파하는 당신
나 없는 가을이 와도
너무 오래 슬퍼하지는 마세요

자꾸만 졸립네요
그대 손 잡고 꽃 구경
단풍 구경 가는 꿈을 꾸네요
이제는 제발 꿈에서 깨어나지 않기를

포장마차

바람부는 날 포장마차에는
접었던 날개를 펴고
바람을 거슬러 오르려는
한 마리 새가 있다

비오는 날 포장마차에는
드디어 닻을 올리고
바다로 항해를 시작하려는
한 척 배가 있다

새벽 포장마차에는
어디론가 가기 위해 기다려야 하는
기다리기 위해 어디론가 가야 하는
아스라이 먼 별빛들이 있다

노숙자

바람처럼 스쳐간 세월이었다고
꽃잎처럼 흩어진 청춘이었다고
구름처럼 흘러간 사랑이었다고
빈잔처럼 쓸쓸한 그림자였다고

성북천 다리 밑에 막걸리와 고행 중인 나그네들
모든 게 어쩌다보니 그렇게 됐다는
눈물도 말라버린 그 막막한 눈빛, 허공

첫 눈

그대
오시는가
보지 못하는 나에게
순백의 색깔로 오시는가
듣지 못하는 나에게
가장 낮은 소리로 오시는가

그대
오시는가
어디 먼 데서
몸은 오지 못하고
마음만
깊고 깊은 마음만 오시는가

소나무

절벽 끝에는
초록의 깃발로 펄럭이는 소나무 한 그루

한번도 물러서본 적 없이
절벽을 향해 걸어가고 있는

한번도 눈 감아본 적 없이
바다를 향해 몸을 던지고 있는

진눈깨비

비도 아닌 눈도 아닌
울음도 아닌 눈물도 아닌
상처도 아닌 아픔도 아닌
사랑도 아닌 연민도 아닌
기억이 가끔 되살아나면
그대도 어디 먼 데서
오래오래 거닐고 있나요

계단을 오르는 노인

쓸쓸한 평일의 공원
노인은 숲 속으로 난 계단을
그림자 앞세우고 오른다
햇볕이 마른 등을 쓰다듬어주면
떨어져 날리는 낡은 세월의 껍질들

한 계단에 한발씩 차근차근
되새김질하는 소처럼 여유롭지만
젊었던 시절에는 초식동물처럼 쫓기는 삶이었을 것
이다
세월은 모든 것을 천천히 생각하게 만들지만
그에게도 불같은 삶이 있었을 것이다

계단의 정상에서 뒷짐지고 돌아서
지나쳐버린 자신의 몫을 세어본다
되돌아갈 수 없는 세월 속으로
그가 걸어온 계단이 무너져 내린다

역에 가면

배웅해 주는 사람도 없이
뒤 한번 돌아보지 않고 떠나는 사람들
마중 나온 사람도 없이
어디 먼 곳에서 돌아오는 사람들

눈물로 헤어지거나
기쁨으로 만나거나
역에는 떠나는 사람들과
돌아오는 사람들

떠나갈 곳도 찾아올 사람도 없는데
기적 소리만 들어도 떠나는 건지
돌아오는 건지 다 아는 나는
혼자 떠나는 사람 어깨 한번 감싸주고
혼자 돌아오는 사람 이마에 눈빛 한번 더 주고

갈 곳도 올 사람도 없는 나는
모든 떠나는 사람 떠나보내고
모든 돌아오는 사람 맞아주고

산 밑 주막에서는

산 밑 주막에서는
다섯 잔까지는 마셔야 하지

한 잔은 아직 오지 못한 육신을 위하여
한 잔은 아직 오지 못한 영혼을 위하여
한 잔은 아직 기다리는 육신을 위하여
한 잔은 아직 기다리는 영혼을 위하여
마지막 한 잔은
세상의 모든 오고 있는 것들과
세상의 모든 기다리는 것들을 위하여

산 밑 주막에서는
다섯 잔까지만 마셔야 하지

막걸리

막걸리 한 사발 단숨에 들이켜면
윗 입술은 초승달 같은 막걸리 자국
아랫 입술은 그믐달 같은 막걸리 자국
아들이 따라주는 막걸리는 보약이지
아버지가 따라주는 막걸리는 인생이지
마주 보면 보름달 같은 막걸리 자국